그리움의 은유

그리움의 은유

嶺巖 금원섭 포토에세이

롱트

생존에 관한 자기 확인

김성호(미술평론가, APAP7 예술감독)

　예민한 시선으로 자연 풍경을 포착해 온 금원섭의 사진 세계가 한 권의 책으로 엮여 나왔다. 일상과 자연을 카메라로 기록해 온 그의 사진 작업은 오늘날 파괴, 훼손, 상실한 것들에 대한 그리움과 기억을 아련하게 소환한다. 잔잔한 연못, 물가에 정박한 나룻배, 초원에 홀로 선 나무, 눈 내리는 조용한 숲, 가을을 거두고 겨울을 준비하는 농부들의 부산했던 움직임이 논밭에 남긴 흔적, 그리고 잘려 나간 버드나무를 담은 그의 사진 작업은 상실을 야기한 현실을 정면으로 맞닥뜨린 한 예술가의 치열한 사유의 흔적이자, 고독과 그리움을 잊기 위한 지난한 몸부림을 담은 '생존에 관한 자기 확인 보고서'라 하겠다.

봉화

김진하(미술평론가)

봉화.
"꿈엔들 잊힐 리"없는, 내가 태어난 곳.
  그곳에서 살며, 사색하며, 기록하고, 진술하고, 표현하는 갑장 사진가 금원섭의 이미지들. 얼마나 진솔하고 진득하게 아름다운가. 그의 앵글을 따라 내 발길과 눈길도 그곳을 걷는다. 먼 서울에서도 봉화를 산책하는 특별한 경험이다. 이웃이자 풍색으로 이어지는 선물 같은 그리움으로 말이다.

망각에 대한 애도

정봉채(사진가)

그의 사진은 온통 그리움으로 물들어 있다. 프로이드는 그리움이란 우리 기억 속에 잠든 실체가 표상을 통해 나타나는 애도의 증상이라고 말했다. 그러한 프로이드의 증언은 그의 사진을 가장 잘 표현 해주는 말 일 것이다. 그의 사진에는 지나간 시간이 준 그림자들이 사진에 나타난 표상으로 순간 이동을 통해 그모습 그대로 지금의 시간을 살고 있는 우리 눈앞에 서 있는 느낌이다.

상실의 재현 그 느낌은 서늘 하면서도 아프고 때로는 아련하며 명치 끝을 선연하게 한다. 고향을 담은 그의 사진들과 그가 지금 살고 있는 마을의 아침을 담은 사진을 보면 그의 기억속에 내장된 그리움의 정체가 어떻게 사진이라는 표상을 통해 세월속의 상실한 실체들을 애도하고 있는지 들어난다.

애도란 무엇인가. 프로이드는 그것을 상실이 주는 증상이라고 말했다. 우리는 누구나 인생이라는 시간 여행을 통해 만나는 많은 이별을 겪는다. 이별의 대상은 다양하다. 사람과의 인연 사물과의 격리 공간의 이동 같은 것들일 것이다. 그럼에도 불구하고 대부분의 이별은 불가피한 시간의 흐름 속에서 실체는 흐릿해지고 지금이라는 장막이 드리워

져 망각을 경험한다. 그리고 지금이라는 실체 또한 미래의 어느 한지점의 망각의 실체로서 버려 질 것이다.

사진가의 포착은 그 망각의 실체에 집중하는 것이다.

금원섭의 사진은 망각의 실체에 애도를 표한다.

상실은 진정한 애도 의식을 통해서만 극복 된다.

프로이드는 상실에 대한 애도 의식은 절실해야 한다고 한다. 그래야만 상실의 감정이 멜랑꼴리를 극복하고 승화의 감정으로 나아간다고 한다. 이러한 가설을 증명이라도 하듯 금원섭의 사진은 그가 사랑한 것들 상실의 정체를 소리 없이 정직하게 가난하게 간절하게 우리 앞에 보여 주고 있다. 사진에 대한 그의 정직성은 그의 사진에는 특별한 장식 테크닉한 기법이 없다는 것이다. 대상에 대한 담백한 솔직성 이야말로 그의 사진이 가지는 큰 장점이다. 심상을 건드리는 상실과 망각의 실체를 찾는 우직성 또한 여타 테크닉한 사진들과 다른 그 만의 고유한 특징이다. 그런 그의 사진이 우리에게 큰 울림을 주는 것은 왜인가?

그건 그의 삶과 사진이 하나이기 때문은 아닐까?

삶 만큼 담백한 사진 사진 만큼 우직한 그의 과거와 현제의 정체가 상실의 근원을 찾아 나서는 그의 앵글을 통해 그의 기억을 작동시키고 있는 것은 아닐까? 지켜볼 일이다. 그의 작업은 계속 될 것이기에 앞으로 우리에게 그런 감동을 접할 더 많은 기회를 준다면 나는 작가에게 힘내라고. 예술이란 무릇 밥 그릇과 관계없이 가난한 승화의 과정 이라고 말 해주고 싶다. 그의 출판에 나 또한 힘을 얻는다. 진심으로 박수를 보낸다.

CONTENTS

PART I

가야 할 길은 멀지만
이제 희미하게 보이는구나!

013

빗방울이 떨어지고
눈의 한계인 듯하지만
미친것은 스스로도
제어하기는 쉽지 않다.
할 일은 태산 같은데
나의 오랜 벗 늙은 소나무 한그루와
씨름하고 있다.
나의 관심에 뾰족한 잎사귀를
쭈뼛거린다.
오랫동안 안녕을 기원한다.

마을의 아침
평화롭다.
이태리 포플라 나무 꼭대기에
까치 한 마리 유유히 나를
내려보고 있다.
말없이 그와 아침 인사를 나누었다.

안녕!

미친 듯이
나의 애마를 추월하던
하얀색 카니발
목적지에 도착한 것은
불과 5초차이다.
하나뿐인 인생 마구 굴려도 되는지
궁금한 아침이다.

호들갑 떨던
가을은 어디 가고
여름으로 회귀인가.
산비알 누비며
잃어버린 아버지의
지팡이를 찾는다.
물푸레나무로 깎아서 만든
매끈한 지팡이
끈적한 액체가 몸뚱어리
전체로 전해진다.
그러나 가야 한다.
보이지 않는
그 지팡이를 위하여.

근 일주일 정도를
밟히고 있던
십 원짜리 동전 하나를
구조했다.
돈에 대한 예의가
아닌 듯해서다.

떠나는
하루를 배웅했다.
하늘 겹친 산비알 입구에서.

냉철하게
현실을 직시할
필요가 있는데도
눈뜬 장님이 될 듯하다.
교묘한 장막으로 인하여.

세상에
만병통치약은 없다.
그것은 인간의
맹신의 결과물이다.

동짓달 스무아흐레
칼바람이 부는 밤
맛 든 배추 서리 한판 하느라
손이 마비되는 줄 알았다.
서리라는 것이 그렇듯
긴장의 경계를 늦출 수 없으니
더욱 더 허둥지둥할 수 밖에
마대 두 자루를 담았다.
칼자루 쥔 손은 마비가 왔다.
한파 속에 먹고 산다는 것이
이렇듯 수월한 것이 아니다.
그래도
낑낑거리며 가지고 온 보람이 있어
황금빛 속살 가득하여
보기만 해도 군침이 돌았다.
며칠째 배추만 먹어도
질리지 않아서 다행이다.
조금 덜 추운 야밤에 한 번 더 할까?

봄날은 아득한데도
눈치 없이
푸름의 싹들이 솟은 논배미가
야속했지만
어디 그것이
너희들의 탓일까
바라보는 마음은
혼란스럽다
마을의 아침에서.

때로는
내키지 않은
길을 가야 할 때도 있다.

지금
그 길을 가야 한다.

가자.
두려움 없이 떠나자.

진종일 갇혀 있다가
해거름 들어서
천수답 골짜기를 배회하다가
지난해 태풍 맞은 소나무를 본다.
태풍을 맞고 척추가 부러졌을 때
사나흘 후에는 시들어 갈 것으로
예상했는데
태풍이 지난 지 근 일 년이 지났건만
그는 꿋꿋하게 지난 시간의 아픔을
이겨내고 청하게 살고 있구나.
너에게 경의를 표한다.
약간의 통증에도 통곡했던 나는
오늘 조금 부끄럽구나!

망각의
동물이라 했던가?
그렇지만 잊을 것이 있고
잊지 말아야 할 것이
있을 듯하다.
그것을 잊어버리면
존재 자체가 무너지는데도
그 유사한 것을 본다.
슬픈 밤이었다.

반딧불이 한 마리
천수답 골짜기를 배회한다.
심금을 울리는 밤이다.

마을 장날
살아 있는 한 송이를 위하여
물통을 샀다.
갈 때 가더라도
물은 먹여 보내야지.

바람 좋은 밤
마을과 천수답 경계에서
마을을 잠식하는
그 하얀 불빛 너머의
세상을 동경한다.
갈수록 별들은 생기를 잃어 가는구나!
하얀 불빛으로 인하여…

죽음이 엄습하여
낮일을 끝내고
故鄕에 상륙했다.
죽음은 두려운 것
보고 싶을 때 보지 못하는 것

무당 벌거지 한 마리
뒤집혀서 바둥거린다.
녀석을 다시 엎어주었다.
실 같은 다리를 움직여
나무 기둥을 탄다.

다시 엎을 수 있다면
한평생 榮華 한번 누리지
못한 엄니…
사경을 헤맨다고 하여
밤차로 떠났다.
아픈 밤이다.

뻔한 이야기에
넋을 잃고 빠질 때가
가끔 있다.
그것은 시간의 잠식인 듯하다.

당의 수치가 높은 듯하여
피 뽑고 결과를 기다리는 중이다.
그동안 건강에 대하여
크게 신경을 안 쓰고 살았는데
이즈음 하여
신경을 안 쓸 수가 없다.
해야 할 숙제도 많이 남았는데
숙제는 하고 가야지.
한 번뿐인 인생.

비바람과 함께
가을은
떠난듯하다.

그들이 갈망하던
가을.

청한 하늘에서
소나기가 내리고
천 개의 살구를 뿌려주었다.
소나기가 내린 후에야
살구의 계절이 왔음을 알았다.
잊고 있던 살구 향에
취해 본다.

갈 길을
멈추게 했지만
그들에게 이름은 묻지 않았다.

새봄에
벗이 된 민들레
목포에서 돌아오니
꽃잎은 지고 초췌한 모습을 하고 있다.

짧은 만남
그에게 위로받던 시간은 갔다.

아마추어여서
분노한 시간이었다.
딴엔 프로라고 폼은 잡았으나
정작 큰일에 미흡한 것을 보면
학습이 필요한 시간이다.
가까운 그것들을 더 경계해야 하는데
결국 가까운 것들에게 당하고 말았다.
하여 매 순간 긴장해야 한다.

계절을 잊은
밤, 비
깊은 상념에 젖는다.

나를 기억하고
짖어 줘서 고맙구나.
홀로 걷는 나를 위하여
옆집 도꾸야.

065

PART II

오월이라도 한기를 느껴
겨울 잠바를 걸치고
빈 카메라를 메고 누렇게
이파리들이 죽은 논둑 길을 걷는다.
먼지가 켜로 쌓인 이파리들
그 속에서 골똘히 무얼 찾았으나
이른 죽임을 당한 뼈만 남은
꽃다지 줄기
옛집을 가는데 나를 부르는
소리가 들려 돌아본다.
유년 시절 함께한
소녀가 중년을 넘었다.
땅덩어리는 개발이라는
이름으로 뒤집힌
옛 고향을 찾아가는 길이란다.
고향은 애초에 없었던 곳
그녀는 발길을 돌렸다.
나는 위독한 엄니를 찾았다.
끊이지 않는 뻐꾸기 소리…

가깝지만 먼 별
어제
그 이름을 기억했다.

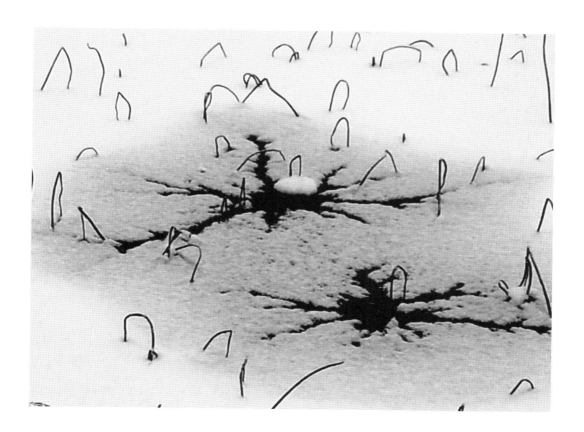

허기를
채우기 위하여
오밤중에 다릿거리
난간대에 걸터 앉아서
공허한 상념에 젖는다.
잡힐 듯 잡히지 않는
별하나 때문에.

긴장하지 않으면
생존은 힘들어
해이한 마음으로는
더욱 힘들다.
길가에 누워있는
하얀 물체가
던지는 말이다.

지난해
점찍은 한그루 소나무를
계절이 두 번 지나고
만났다.
뚝방에 가지런한 나무들
마치 춤을 추는 듯한 동작들.

골짜기에서 내려와
고독을 중화하려고
토굴 사이로 비칠 것 같은
하얀 달을 보려고
다릿거리로 나왔으나
달은 가고
유성만 날린다.
까만 하늘에
거시기가 떠난 하늘에
작은 소망만 날렸다.

금년
첫 개구리 울음소리
개구리야 너무 슬프게 울지는
말고 적당히 울어라.
목 아프지 말고!

철 이른 바다
객들의 아우성으로 높이
진동하는구나!

한줄기 소슬바람이 천수답
골짜기 도랑물 표면을
빠르게 훑고 지나가는 시간
개찰 밥 무성한 그 둑방에서
사람들이 버린 그 쓰레기
뭉치에서 잃어버린 그 무엇을
찾는다.
짙은 구름 속에서 한 줄기 햇살
속으로 솟구치는 한 무리의
새들에게서
말복에 떠난 친구의 안부를 묻는다.

통곡하고
싶은 밤이다.
간밤의 꿈은 근사치였다.
다가온 행운을 날려버린 통탄함
그러나 잊어야 한다.
다가올 봄날을 위하여
아버지 나의 아버지
아득히 먼 나라에서도
염려해 주심에 감사합니다.

잠 못 드는 밤
분노를 삭이는 방법으로
한 편의 시를 安宙 삼아 잠든다.

향(香)아

향아 너의 고운 얼굴 조석으로 우물가에 비치이던 오래지 않은 옛날로
가자

수수럭거리는 수수밭 사이 걸쩍스런 웃음들 들려 나오며 호미와 바구
니를 든 환한 얼굴 그림처럼 나타나던 석양…

구슬처럼 흘러가는 냇물과 맨발을 담그고 늘어앉아 빨래들을 두드리
던 전설 같은 품속으로 돌아가자

눈동자를 보아라 향아 회 올리는 무지갯빛 허울의 눈부심에 넋 빼앗기
지 말고
철 따라 푸짐히 두레를 먹던 정자나무 마을로 돌아가자 미끈덩한 기생
충의 생리와 허식에 인이 배기기 전으로 눈빛 아침처럼 빛나던 우리들
의 고향 병들지 않은 젊음으로 찾아가자꾸나

향아 허물어질까 두렵노라 얼굴 생김새 맞지 않는 발돋움의 흉낼랑 그
만 내자
들국화처럼 소박한 목숨을 가꾸기 위하여 맨발을 벗고 콩바심하던 차
라리 그 미개지에로 가자 달이 뜨는 명절 밤 비단 치마를 나부끼며 떼
지어 춤추던 전설 같은 풍속으로 돌아가자 냇물 구비치는 싱싱한 마음
밭으로 돌아가자.
-신동엽

꽃눈 오는 밤…
걸었다.

인적이 드문
공동묘지 가는 길
머리카락 서는 줄 모르고.

팽나무 그늘에서
구름 사냥한다.
아침부터 간헐적으로
조금씩 뿌리던 비로 인하여
각양각색의 구름이 하늘 가득하다.
동쪽에서부터
붉은 기둥이 솟아 나더니
점차 회색으로 변하여
마침내 도깨비 형상이 만들어져서
별 속으로 들어간다.
오래 머물렀으면 좋으렴 만은
그렇게 가 버리는구나.
자주 오너라 도깨비야.

우중에
내키지 않는 먼 길을 가야 한다.
빛의 날에 대한 기억은
잠시 망각하자.

아침 마당을 둘러보다가
깨알 같은 분홍빛 낙화들이
꽃눈이 되어 마당을 곱게
수 놓고 있다.
지난 정월에 싸릿가지 잘라서 만들어 돌로 눌러 놓고 계절이
지나도록 잊고 있던 싸리 빗자루로 쓸어버리려다
아름다운 이유로 대기 중이다.
싸리꽃 너 자세히 보아야
아름답구나.

가라앉은
하늘 가운데서
지나치는 나에게 관심을 보이는
녀석과 마주쳤다.
까치다.
관심을 외면할 수 없어서
손을 흔들어 인사를 나누었다.
높은 곳에서
아래 세상을 바라보는 여유와
집 두 채를 가지고 豪氣를
부린 듯하다.
안녕. 무탈한 하루를 보내거라.

봄비…

꽃들의 수난이구나!

빼앗긴
땅에도 봄은 오는가.
지난해 잘라서 먹다 잊고 남겨진
무 토막에서 솟아난
장다리꽃을 발견했다.
반쯤 잘린 몸뚱어리에서

힘겨운 몸부림으로 마침내 피웠구나.
너의 열정에
경의를 표한다.
성한 몸으로도 피우지 못한 것이
부끄럽구나.
뜨겁게 불태워야 하는데도.

가급적
같은 무리끼리
어울리지 마라.
자칫 존재 자체가 묻힐 수 있다.

꽃은 피어도
봄이 아닌 것을.
오월이라도 한기를 느껴
두 겹의 잠바를 걸치고
마을의 구석을 누볐으나
시선이 꽂힌 곳은 없었다.
개발의 경계에 꽂힌 붉은
깃발만이 추위에 떨고 있을 뿐
그 어디에도 안식처는 없었다.

아침에
그의 얼굴은
나의 거울이 되었다.

나의 길을 막고
떡 버티고 선 녀석을 만났다.
3년 만이다.
하늘소
치켜뜬 늠름한 눈썹
잠시 제압될 뻔했다.
건강하게 험한 세상에서
견뎌준 녀석이 대견했다.
자칫
로드킬 우려스러워
길 가장자리로 보냈다.
안녕.

화무십일홍이라 했던가.
나를 위하여
두 번의 꽃을 피워 줬던
홍의 앙상한 줄기를 본다.
세상만사 같은 이치인데도.
그에 대한 기억은 새롭다.
마을의 아침.

끝날 것 같았던
장마는 끝없이 이어지고...
산비알 깎아서 만든 골프장에서
발산하는 하얀 불빛으로 인하여
뚝방길 가운데 실루엣이 되어
잔인하게 부는 바람을 본다.
바람으로 상처 받은 들풀 가족을.
스산한 밤이다.

산비알 건너편에
뻐꾸기 요란하게 울자
천 송이 눈이 내리고
부동의 구름 위에
뿌리 없는
나무 무성하구나!

아침에 느끼는 시원함이 좋은 계절이다.

개발의 경계속에서 이미
전답을 자본에 다 넘긴 상태이나
쉽게 떠나지 못하는 주민들은
그냥 옛집에 더러 머물며 산다.
과거가 된 척박한 땅에 콩, 팥, 고추 등을 심고
할매 할배들의 시간은 그곳에 머물고 있다.

나는 그 공터와 빈집 사이를 오가며 마실을 자박인다.
누군가 빈집 골목과 공터의 콩밭 사잇길을 복숭아 나뭇가지로 막아 놓
았다.
사람 못 다니게 할 의도다.
촌 동네 인심이 옛날 같지 않은 것에 씁쓸한 아침이다.

자기네 땅도 아닌데
몇천 년을 살 것도 아닌데
팥 할배의 소행이 분명하나 이유를
묻지 않고 돌아다니기로 했다.

118

청미래넝쿨 헤집고 천수답 골짜기
늙은 상수리나무 아래에서 마을을 내려다본다.
두견이 뻐꾸기 가끔 울어 줄 뿐 고요하다.
개발의 이름으로 깃발은 꽂았지만, 개망초 무성하고
누렇게 뜬 논두렁에는 들풀이 시들어 가는데
바람에 팔랑이는 깃발
낡은 암자도 계약이 만료되었다고
깨 모종하던 왜가리 아저씨가 전해준다.
개발이라는 핑계로
마을은 갈수록 황량하다.
마을을 가로질러 달리는
기차 소리가
가끔 마을을 진동한다.
개발이 진행되면 어디에 서서
마을을 바라볼까.

시린 날씨에도 불구하고
전봇줄에 걸린
손톱달을 보며
천수답 골짜기로 해맞이하러 갔다.
언제부터인지 해맞이가
유행처럼 퍼져서
마을 사람들도 더러는 그 대열에 합류하였다.
산 위에서 바라보는 태양은
빛바랜 것처럼 감흥은 없었다.

새해 첫날!
바다가 그리웠으나 움직이지 않았다.

다릿거리에서
청한 하늘 하얀 별 속에
잠시 빠져본다.
밝게 빛나는 별 하나에게
얕게 보이지만
깊은 듯하다.

PART III

플리니우스는 고통에서
벗어나기 위해 자살할 권리가
있는 경우로 세 가지 병을 꼽았다.
그중 가장 지독한 것은
방광 결석으로 요도가 막힐 때라고 했다.
세네카는 정신 기능에 장기간 영향을 미치는 병의 경우에만
그 권리를 인정했다.
미셸 드 몽테뉴에서
방광 결석의 통증이
어느 정도 인지를
잠시 가늠해 본다.
마을에 사는 친구 때문이다.

떠나는
하루를 배웅했다.
하늘 겹친 산모퉁이에서.

낮일을 끝내고
개망초 청미래넝쿨 무성한
천수답 골짜기를 헤맨다.
흩뿌리고 지나간 얇은 비에도
천수답 골짜기 생기가 돈다.

왜가리 아저씨 깨 모종을 하다가
손을 흔들어 주신다.
그 작은 관심에 흐뭇한 시간이다.
살아남은 한 배미에
모내기가 남은 것을 빼고 엷게 푸르다.
하늬바람이 불어와 끈적임을
식혀준다.

골프장과 맞닿은 하늘이 주황색
빛을 잃어가고 있다.
청아한 뻐꾸기 소리
싫지 않은 바람
해는 기울어도 좀체
떠날 수가 없다.
골프장에 수은등이 켜진다.
하루살이들의 광란의 시간이다.
나는
어디에 광란할까.

감자 두 조각으로
저녁을 때우고 바람이 좋아서
천수답 입구 다릿거리에서
손톱달의 생성을
보며 상념에 젖는다.
구름에 가리어 보일 듯 말듯 흐린데
황금빛을 발하려고
용을 쓰는 듯하다가 사라진다.
갈 때 가더라도 한 번쯤 용이라도
써보고 가야지!

불 비 맞는 밤이다.
짙은 어둠의 시간
그렇게 찐하게 내리지 않았지만
나는 타고 있었다.

뼛속 깊이까지 쑤시는 통증
죄 값을 받는구나!
그들을 쑤신 대가를
이제 용서하거라
늙은 상수리나무야.

밥 한 끼 해결하러 가는 길
모퉁이 도랑 가에서
왜가리 한 마리 처연하게
목을 뽑은 채 먼 산을 바라본다.
녀석은 원래 고독을 즐기는 놈인데.
오늘은 아닌 듯 했다.

위쪽에 젊은 아저씨와 꼬마가
반도로 작은 물고기를
싹쓸이한다.
잡아봐야 먹지 못할 것을.

생각 없이 하는 행동에
피해자가 있다는 것을
그들은 모른다.

욕지도
떠날 때 선착장 뒤쪽 고구마 밭
위쪽 산비알의
소나무 한 그루
그와 눈으로 오랜 시간 교감을 했다.
다시 오면 그때는 너를 꼭 만나리라.
잘 있거라. 산비알의 소나무야.

꽃놀이할 기분은
아니지만
입구에서 차단당하고
거시기한 기분
꽃은 피어도 봄이 아닌 것을
사월이 와도 칼바람의 한기에
목구녕은 시리다.

눈이 아름다운 것은
세상의 온갖 잡다한 것을
덮어 버리기 때문이다.

잠수한 지 5년 된
귀신으로부터 전화가 왔다.
뭐라고 할 수도 없고 해서
그냥 그립다 했다.

정월
스무아흐레
귀신들과 개구리 사냥하러 갔다가
녀석들의 울음소리를 들었다.
슬픈 듯 슬프지 않은 듯
알 수 없는 울음소리였다.
안쓰러운 마음에 돌려야 할 발걸음
개굴개굴.
유년의 슬픈 기억이 살아난다.

꽃 떨어지고
겨우 맺힌 풋복숭아를
씹어야 했던
유년의 슬픈 기억이
존재했던 곳

아픈 기억만 남긴 채
이제는 점차 역사 속으로 사라진다.

151

여력이 있을 때
추월하라.
자칫 타인에게 방해가
될 수 있다.

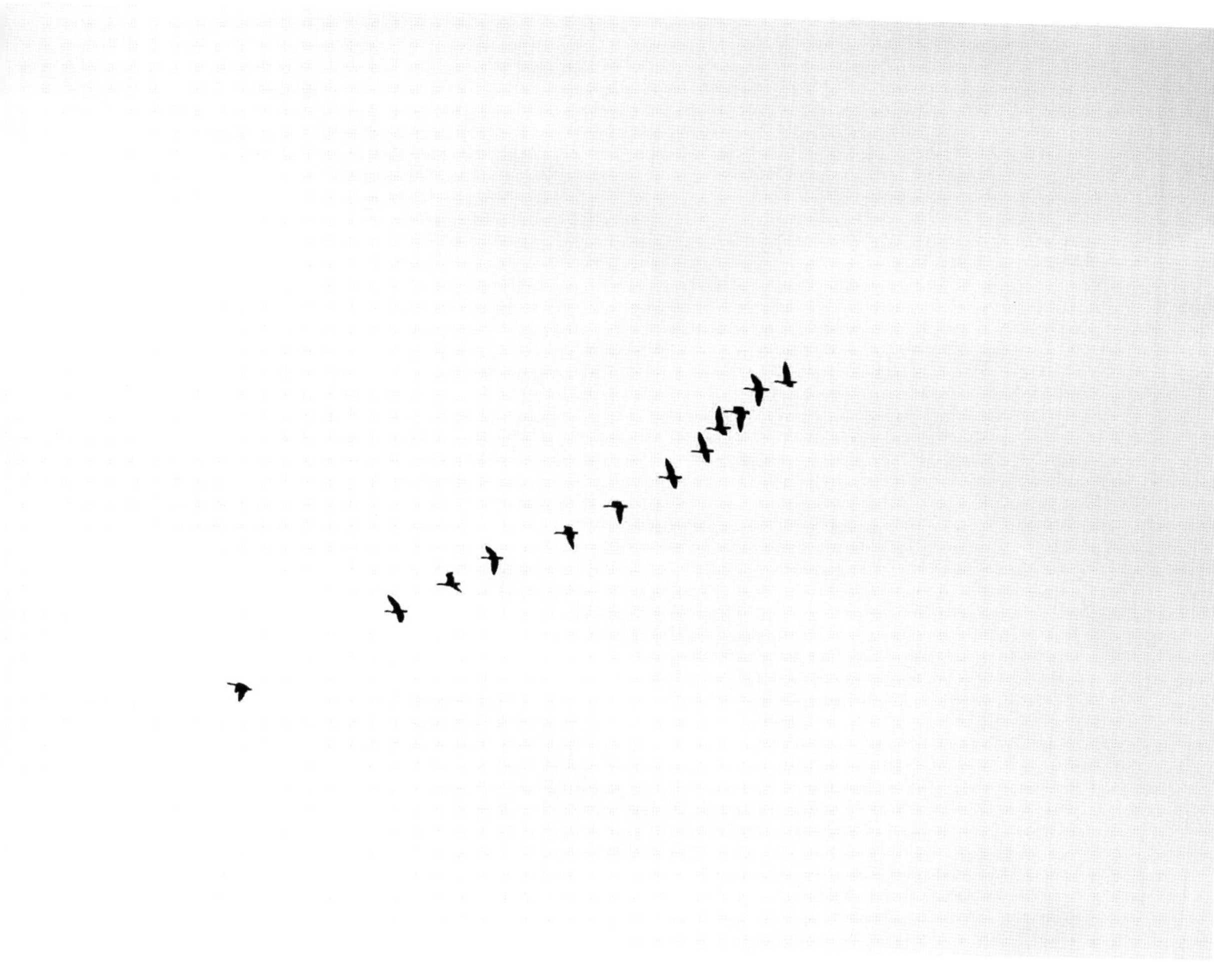

지난해 방생한
고래 생각에 동쪽 대로를 탔다.
코로나로 답답하고 썰렁할 줄 알았던
바다와 연결된 시장은 고래로 인하여 북적였다.

기레기 기자들은 곧 나라가 망할 것처럼 떠들었지만
활기차고 생기 넘치는 바닷길
절망은 그들이 매일 도배 할 뿐이다.
사람들은 쉽게 세뇌되는데 진실 찾기에는 힘겨운 현실이다.

뜬구름 위로
소풍을 왔다가
구름에 눌린 토굴 속으로.
스트레스들이
모여서 하나의 형상을
완성한 솜털 속으로.
충격 없는 고요 속으로.
세상에 대한 잡다한
인간사는 말소의 수순을 밟았지만.
열기는 점차 퇴색하고.
타의에 의하여 떨어진 별에서
야윈 몸둥아리 추스르고
복귀의 수순을 밟는다.
짧은 만남 이별의 순간들...
빈 가슴 쓸어 담는다.

정초 주말에
잠시 봉화에 다녀왔다.
한파로 인하여 살아남은
눈송이를 밟아보는 시간을
가졌다.
뽀득 이는 눈의 느낌을 확인하며
작은 밭 가장자리
누군가의 애마 궤도를 따라
몇 바퀴 왕복했다.

참으로 오랜만이었다.

모든면에서
한결 같기는 힘든것 같다.
허기를 느껴서 가끔씩 가던
식당에 들러서 주문한 음식을
맛본 순간 전에 먹던 맛이
아니다.
지난번 그맛으로 찾아온
손님에게
그 맛과는 거리가 먼 음식을
가져왔다. 두어 숟가락 뜨고
계산하고 나왔다.
그 씁쓸한 기분.
처음과 같은 마음으로
임해야 하는데 모든 면에서.
한결 같기는 그렇게 어려운가.

160

타인과 거래에 있어서
금전을 먼저 지불하는 것은
극히 위험한 일이구나!

그 아픈 경험을 또 한다.
강렬한 모르핀 처방이 필요한 시간.

떠날 때
고이 보낸다는 것이
쉬운 일은 아니다.

2년 만에
다시 찾은 둑길
오는 날이 장날이라고
칠흑 같은 안개로 구분이
안 되는 사물들
장비를 펴고 상상한다.
그때 그 시간들
안개가 걷히기를 바라며
뚝방길의 역사는 변하지 않았다.

나를 기쁘게 맞이하는 새 떼들
녀석들이 있어 잠시 위로의
시간을 보낸다.
차츰 걷힐 것 같던 안개는
어둠으로 변했다.
장시간 죽치고 기다려야 한다.
언제나 그렇듯이 기다림은 무료하다.
촉촉히 적시는 안개는 비가 되었고
가랑비에 옷 젖는 줄 모르고 서성이는 뚝방길
고요하나
귀가 시린 아침을 보내고 있다.

이월의 마지막 날
빨리 나온 녀석이
나를 찾아왔다.
무당 벌거지
한편 반갑기도 했지만
자세히 보니
누군가 적절한 작명을 한 듯했다.
녀석의 얼굴을 보면
작지만 무서운 얼굴이다.
찾아온 손님을
문전 박대하기도 그렇고 해서
물 한 모금 줘서 보냈다.
잘 가거라.
자주 오지는 말고.

비 소식의 예보를
새벽에야 알았다.
흙먼지 날리는 마을의 들길을 생각한다.

젖어서 가라앉을 흙먼지
더럽혀지지 않을 가랑이
그로 인하여 쌓일 낙엽
토굴에 갇히어서
둘러싸인 음모의
분해를 생각하지만
얕은 우기로는
먼지의 소멸이 쉽지 않을 듯하다.

너가
나를 자극 하는구나.
해거름
산비탈 입구에
핀 개망초 한송이야.

이틀 연이어 비는 내리고
어김없이 울어주는 새벽닭 울음에
뒤척인다.
창을 열고 하늘을 본다.
검은 구름
아직 살아서 삼킬 듯 꿈틀거리는
그 하늘 속으로 한 점의 텔레파시를 날려본다.

마을의 아침.

간밤에
과한 집착으로
터진 시간이었다.
비로소 느낀다.
집착에 대한 거리를.

칠흑 같은
미세먼지를 뚫고
그곳에는
회복되었을 신선한 공기를 찾아서
산꼭대기 천년 넘은 산사를
절벽 오르듯 올랐다.

고지대의 산사에는 노승만 산다.
산사에서 그리운 듯 아랫마을을 내려다본다.

노승의 기척에 돌아보니
고구마를 건네준다.
따스한 온기가 전해왔다.
인사를 나누고 하산하여
은박지에 포장된 그것을
하루가 지난 뒤 맛을 봤다.
예상 밖의 달콤함이다.
감사하다.

시린 밤
나의 움막은 바람에
떨고 있었다.
황량한 골짜기 가운데
어둠의 바람이 불어와 때렸다.
마침내 쓰러졌다.
황당한 가운데도 갈 곳 없는
두려움 속에서도
어둠 속에서도 나는 무엇인가
찾고 있었다.
그 속에 낯선 아이들 곤히 잠자고 있는데
어디선가 나타나 웅크리고 있는
쥐새끼 두 마리
나는 습관적으로 발길질하려 했으나
쉽사리 떠나지 않았다.
긴 음산한 밤의 꿈은 도무지
주제를 알 수가 없다.
무엇을 의미하는가?
첫날밤의 꿈!
즐겁지 아니했다.

181

고랑 긴 콩밭을 보니
비처럼 몰려오는 그리움
관계는
있을 때 잘 해야 하는 것을.

원수는
외나무다리에서
만난다고 했던가?
공교롭게도 두번을 마주쳤다.
마스크 덕분에 비켜 갔다.

세상은 좁다.

물 건너
사는 별들의
이름을
기억 속에 냉동했다.
쉬운 듯 어려운 그 이름을.

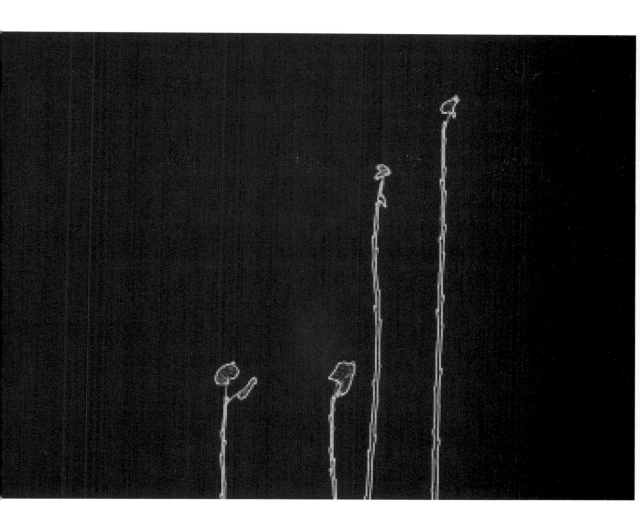

187

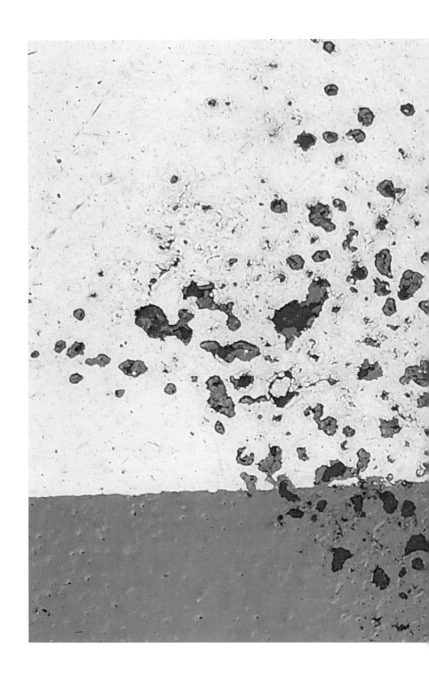

188

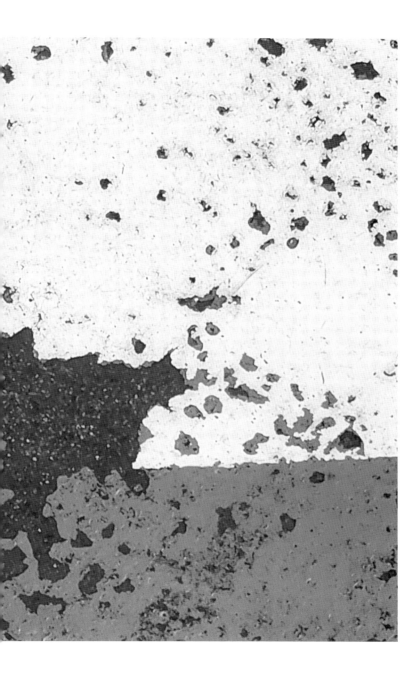

189

「발간사」

그리움의 은유

금 원 섭

예술은 현실로부터 버려진 사람들을 위로하기 위한 작업인가?
풍요 속에서 굶주린 사람들을 내몰아 버린 이 땅의 현실.
그들 가운데 한사람.
그리운 사람과의 이별은 그리워도 함께 할 수 없는 사람으로 되었고
아버지는 늘 마음의 고향이었다.
내몰린 시간 속에서 고독과 긴 불면의 시간을 잊기 위하여
찾았던 모르핀, 언제인지 고독과 불면에서 오는 아픔을 치유하지 못하기에
셔터를 누르며 자연과 사람들과의 작은 소통이 커다란 위안으로 다가오는 날
상처받은 그리움이라는 놈도 조금씩 아물어지고
눈을 뜨며 아침마다 바라보는 연못
개울 언저리에 자리 잡은 왕 버드나무는 아버지의 향기였다.
어느 날인가 개발의 미친바람에 왕 버드나무가 베어지고
깊은 상실감으로 찾았던 셔터의 간절함.
이번 작업은 고독과 그리움을 잊기 위한 작은 몸부림의 출발이었다.

금원섭

봉화 출생
전 민족 사진 예술가협회 회원

개인전
2019년 12월 순환의 역린, 조형갤러리
2015년 9월 그리움의 은유, 가톨릭센터 마음밭갤러리
2010년 12월 이방인, 줌인갤러리
2005년 8월 공존의 그늘, 줌인갤러리
2003년 11월 의자가 있는 풍경, 대청갤러리
2001년 의자가 있는 풍경, 영광갤러리
1995년 5월 길, 삼성포토갤러리

주요 단체전
2018년 부산 국제 사진제, 부산문화회관 - 외 150여 회
2018년 정봉채와 우포늪 사진가 100인전, BEXCO
2017년 에코 국제 현대미술전, 을숙도 문화회관
2017년 부산 국제 사진제, 부산문화회관
2016년 부산국제 포토페어, BEXCO
2012년 후쿠오카 사진페스티벌, 아시아 미술관
2006년 5인초대전, 사상갤러리
2003년 흑백사진 이야기, 삼성 비추미 미술관
2003-2012년 REMAIN IN PUSAN, 부산시청 전시장 외 7회
2001-2011년 한국의 아름다운 성당전, 부산 가톨릭센터
1995년 우리의 환경전, 예술의 전당_서울

관련 서적 및 작업
2019. 순환의 역린 사진집, 몽트
2018, 서울의 남자, 수필과 비평
2005, 11월의 이야기, 동천당
2001-2004, 가톨릭부산 표지 사진

방송
2005, TV는 문화속으로, KBS
2001, 모닝와이드, KNN

그리움의 은유

초판 발행일 2023년 9월 1일

사진·글 **금원섭**
발행인 **김미희**
펴낸곳 **몽트**
디자인 **명영화**

출판등록 2012.12.20 제 2014-0000-38호

주소 **안산시 상록구 화랑로 513 2층 24호**
전화 **031-501-2322** 팩스 **031-501-2321**
메일 memento33@menthebooks.com

값 18,000원
ISBN 978-89-6989-090-0 03810